# REMARQUES

SUR

## L'ACTION SÉDATIVE IMMÉDIATE

DES

# SOURCES FERRUGINEUSES

DE

## FORGES=LES=EAUX

(Seine-Inférieure)

### DANS QUELQUES AFFECTIONS NERVEUSES

Par le Dʳ CAULET

MÉDECIN-INSPECTEUR DES EAUX DE FORGES,
ANCIEN INTERNE ET LAURÉAT DES HOPITAUX DE PARIS,
MEMBRE CORRESPONDANT DE LA SOCIÉTÉ D'HYDROLOGIE.

PARIS

ADRIEN DELAHAYE, LIBRAIRE-ÉDITEUR.

PLACE DE L'ÉCOLE-DE-MÉDECINE.

—

1868

e163

# REMARQUES

SUR

## L'ACTION SÉDATIVE IMMÉDIATE

DES

# SOURCES FERRUGINEUSES

DE

## FORGES-LES-EAUX

### (Seine-Inférieure)

### DANS QUELQUES AFFECTIONS NERVEUSES

### Par le Dr CAULET

MÉDECIN-INSPECTEUR DES EAUX DE FORGES,
ANCIEN INTERNE ET LAURÉAT DES HÔPITAUX DE PARIS,
MEMBRE CORRESPONDANT DE LA SOCIÉTÉ D'HYDROLOGIE.

## PARIS

ADRIEN DELAHAYE, LIBRAIRE-ÉDITEUR,

PLACE DE L'ÉCOLE-DE-MEDECINE.

—

1868

# REMARQUES

## SUR L'ACTION SÉDATIVE IMMÉDIATE

### DES

# SOURCES FERRUGINEUSES

### DE

## FORGES-LES-EAUX

### ( Seine-Inférieure )

## DANS QUELQUES AFFECTIONS NERVEUSES

*Ferrum moderator nervorum.*

———

Dès les premiers temps de notre observation à l'établissement thermal de Forges-les-Eaux, nous avons été frappé de la rapidité avec laquelle se produit, chez les sujets soumis à la cure, un ensemble de phénomènes que nous n'étions pas habitué, jusque-là, à rencontrer sur les malades traités par les ferrugineux. Parallèlement au développement de ces phénomènes, qui manifestent la présence et l'action dans l'économie d'un modificateur puissant, nous remarquions, dans les symptômes de différentes maladies nerveuses, une atténuation, une sédation presque immédiate, que nous n'avions pas encore obtenue ni demandée du reste, à l'emploi des martiaux.

Bien que cette action calmante directe du fer sur

certains troubles nerveux ne soit pas une chose
nouvelle, comme elle est, en général, peu connue,
et du moins en France aujourd'hui peu recher-
chée; comme d'ailleurs elle constitue un des traits
les plus saillants des effets curatifs des eaux de
Forges, nous avons pensé qu'il ne serait peut-être
pas inutile et sans intérêt d'appeler sur elle l'at-
tention des médecins.

On a noté depuis longtemps, en effet, que les préparations martiales exercent réellement une action
toute spéciale sur le système nerveux, et, sans y rattacher la vertu antifébrile attribuée à certains ferrugineux (le sulfate de fer par exemple, qu'un bon
auteur, Marc, regardait comme aussi efficace à la
dose de 4 grammes que le quinquina), on sait qu'en
Angleterre, depuis les travaux de *Hutchinson* (1820),
l'emploi du carbonate de fer à hautes doses est devenu un traitement vulgaire, banal du tic douloureux
et même de toutes les névralgies indistinctement;
son action est alors rapprochée de celle du sulfate de
quinine et de l'arsenic; et telle est la confiance que
les médecins anglais ont en la puissance hyposthé-
nisante de cet agent, qu'il n'ont pas craint de l'employer comme sédatif à des doses énormes (1),
contre les affections les plus graves du système

(1) Comme exemple de ces exagérations nous citerons l'observation suivante :
«Un sujet tétanique offrait le pouls à 100 pulsations par minute; on lui a fait
prendre rien moins qu'un demi-kilogramme de fer dans une journée; le pouls est
descendu à 70 et il en est résulté une amélioration très-notable des douleurs. La
même dose ayant été répétée le jour suivant fit disparaître complétement le tétanos
et réduisit le pouls à 65. Ellioston cessa alors l'usage du fer, mais les accidents
tétaniques ont reparu. Il est revenu alors à la dose ci-dessus de carbonate de fer et
la guérison a eu lieu au bout d'une semaine. » (Annales d'Omodéi, 1834. Citation
prise dans Giacomini.)

nerveux. En Italie, Giacomini qui fait du fer un
agent hyposthénisant, insiste sur son action spéciale
sur le système nerveux, et ses traducteurs nous
apprennent que son opinion, d'abord vivement com-
battue, n'a pas tardé à être généralement adoptée.

En France, les succès du carbonate de fer dans
les névralgies ont été communément expliqués par
l'état anémique du sujet, bien que *Valleix* (1) après
avoir analysé les observations de Hutchinson, ait
gardé la conviction « que ses succès ne s'expliquent
pas parfaitement par l'existence d'une chlorose, »
et si quelques auteurs avec P. Bérard (2) préconi-
sent encore le carbonate de fer à hautes doses,
comme remède recommandable dans le tic douloureux, c'est seulement comme antipériodique et
pour le cas de névralgies intermittentes où le sulfate de quinine n'a pas réussi. Bref, l'on ne saurait
nier que les propriétés *hémo-poiétiques* du fer n'aient
fait quelque tort à ses autres vertus et qu'en général, dans le traitement des maux de nerfs, l'indication des martiaux ne se tire guère que de l'état
général, et principalement de l'altération concomi-
tante du sang, anémie, chlorose. On fait une médication indirecte, on s'adresse aux propriétés sangui-
fiantes du fer, et nul ne songe à lui demander une
action sédative directe, immédiate, qu'on obtiendrait
plus aisément et plus sûrement par quelque autre
moyen.

Nous allons montrer par quelques observations

(1) Guide du médecin-praticien. Edition Racle et Lorain, 1860, t. I, p. 662.
(2) Dict. en 30 vol., art. Névral. faciale, t XII, p. 581.

avec quelle facilité, quelle rapidité, on peut arriver, par l'emploi des eaux minérales, à cette action spéciale sur le système nerveux qu'on a tant de peine à obtenir des préparations pharmaceutiques, par de hautes doses et au prix de tant d'inconvénients.

## OBSERVATION I<sup>re</sup>.

Dyspepsie et gastralgie depuis sept ans; vomissements nerveux depuis vingt-deux mois; insuccès des différents moyens employés contre ces accidents: hygiéniques, médicamenteux, voyages, bains de mer; amélioration immédiate et guérison par les eaux de Forges.

M<sup>lle</sup> N***, de Paris, âgée de 22 ans, mère morte phthisique, le père et la sœur sont bien portants. Cette jeune fille a toujours vécu dans de bonnes conditions hygiéniques. Les règles ont paru vers l'âge de 15 ans, sans douleur, et ont été longtemps irrégulières, ne revenant que tous les deux à trois mois. Elle n'a jamais présenté le syndrome de la chlorose franche; mais, depuis l'époque de la puberté, elle est sujette à de grands maux d'estomac. C'étaient d'abord des gastralgies simples, dont les accès, plus ou moins intenses, revenaient irrégulièrement aux différents moments du jour, puis les digestions se dérangèrent, devinrent pénibles, chaque repas étant l'occasion d'un nouvel accès. Enfin, il y a vingt-deux mois, pendant la grave maladie dont mourut sa mère, elle fut prise de vomissements après le manger. Ces vomissements, qui persistent encore, viennent peu de temps après le repas; il est rare qu'ils manquent, ils sont précédés par quelque malaise local, poids à l'estomac, tiraillements ou crampes, puis subitement, presque tous les aliments sont rejetés, la malade est soulagée et la digestion du peu qui reste se fait assez bien. Lorsque, par exception, la malade ne rejette pas ainsi son repas, elle est très-souffrante pendant plusieurs heures. Malgré la persistance de ces accidents, cette jeune fille a longtemps conservé son embonpoint et ses forces, mais depuis plusieurs mois et à la suite des frayeurs et de l'inquiétude causées par l'épidémie du choléra, elle a considérablement dépéri.

A son arrivée à Forges, dans les premiers jours d'août 1866, elle présente l'état suivant : maigreur et pâleur prononcées;

anémie bien caractérisée, essoufflement et battements de cœur à la moindre marche ; souffle dans les vaisseaux du cou. Elle vomit régulièrement après chaque repas ; néanmoins l'appétit est conservé, la langue nette, et elle a plaisir à manger ; pas de constipation ; urines normales ; pas de myodynie épigastrique dans l'intervalle des accès de douleur. Les règles viennent toutes les quatre semaines et coulent assez abondamment pendant quatre ou cinq jours. Malgré sa grande faiblesse et son dépérissement, cette jeune fille conserve toute sa gaieté.

Contre ces accidents, cette jeune fille a tout fait, dit-elle. Depuis sept ans, elle a suivi, et bien suivi les traitements de plusieurs médecins, entre autres de M. Axenfeld. Ferrugineux sous diverses formes, toniques, stimulants, alcalins, absorbants, stupéfiants, etc ; moyens hygiéniques, régime alimentaire diversement ordonné, séjour à la campagne, bains de mer, rien n'a pu procurer une amélioration durable, et depuis vingt-deux mois, elle ne se souvient pas d'avoir passé quinze jours de suite sans souffrir et vomir ; aussi n'a-t-elle plus guère confiance en les ressources de l'hygiène et de la médecine ; elle regarde les quelques améliorations très-passagères qu'elle a éprouvées, pendant différents traitements, comme de simples coïncidences, et, l'année dernière, étant venue à Forges, elle jugea inutile d'y prendre les eaux.

Cette fois, elle a fait régulièrement une cure de vingt et un jours ; elle a bu chaque matin quatre doses d'eau minérale, de la source Reinette d'abord, puis de la Cardinale. Ces eaux ont été bien supportées, et leur action sur les troubles gastriques immédiate. *Dès le premier jour, les vomissements ont complétement cessé, et les douleurs d'estomac notablement diminué.* Peu à peu, celles-ci et la difficulté de digérer disparurent. Avec les bonnes digestions revinrent la couleur et les forces ; dès la deuxième semaine, cette jeune fille qui, au début, pouvait à peine gagner à pied l'établissement, faisait des promenades à la campagne ; vers la fin de la cure, elle faisait sans fatigue des excursions de trois lieues. Je la considérais comme tout à fait guérie, lorsque, sur la fin de la saison, un soir, après souper, riant «comme une folle», dit-elle, il lui arriva tout à coup et sans qu'aucune douleur à l'estomac ait précédé, de rendre son repas. Cet accident se reproduisit le lendemain dans les mêmes circonstances ; je l'engageai à éviter les excès de gaieté après les repas, et jusqu'à son départ elle ne vomit plus. Bref, elle quitta Forges dans un très-bon état de santé. Nous avons appris, en janvier 1867, d'une parente de M^lle N***, que cette grande amélioration s'était maintenue. Cependant les vomissements revenaient encore quelquefois, mais de loin en loin, d'une façon accidentelle et sans aucune continuité. Tout récemment, en mars 1868, la même personne nous disait que ces accidents ont enfin cessé de se reproduire, et que, depuis longtemps, M^lle N*** se considère comme parfaitement guérie.

*Réflexions.* — Il nous semble difficile d'admettre que la cessation des vomissements et l'amélioration des symptômes dyspeptiques qui ont immédiatement suivi l'emploi des eaux de Forges, soient une coïncidence. Encore moins pourrait-on rapporter ce mieux au déplacement, au changement d'air; notre malade a souvent voyagé; elle est même venue à Forges l'année précédente, vers le même moment. Pour nous, nous voyons là un exemple incontestable de l'*action sédative spéciale des eaux de Forges sur le système nerveux.* Remarquons que les martiaux avaient été déjà employés plusieurs fois sans grand succès, notamment par M. Axenfeld qui s'était servi du proto-iodure de fer.

## OBSERVATION II.

Dyspepsie et gastralgie développées durant le cours d'un traitement par l'iodure de potassium; diarrhée; accidents névropathiques, névralgie générale; amélioration immédiate sous l'influence des eaux de Forges.

A. B..., de Paris, 30 ans environ, célibataire, très-vigoureusement constitué, ayant toujours vécu dans l'aisance et su éviter les excès. Sa santé a été excellente jusqu'en 1863, époque où il contracta la vérole qui fut très-intense, et dont le traitement, dirigé par M. Ricord, nécessita pendant deux ans l'emploi des mercuriaux, et pendant une troisième année, celui de l'iodure de potassium. Le mercure fut très-bien supporté, mais il n'en fut pas de même du sel iodé, et c'est à cette action que A. B...

rapporte tous ses maux. Dès les premières doses, en effet, l'estomac manifesta son intolérance par des symptômes d'irritation. Ces accidents, loin de se calmer par l'usage, ne firent qu'augmenter; chaque prise provoquait de vives ardeurs d'estomac; peu à peu les digestions, jusque-là parfaites, se dérangèrent, la gastralgie devint incessante et la diarrhée s'établit. Force fut bien d'interrompre le traitement; malheureusement les troubles gastro-intestinaux n'en continuèrent pas moins; depuis un an notre malade ne digère plus rien, dit-il; l'aliment le plus léger provoque immédiatement de nouvelles douleurs et un malaise, une agitation qui durent plusieurs heures; il a chaque jour plusieurs selles liquides. Depuis deux mois, ces accidents se sont considérablement aggravés, l'appétit a disparu, la diarrhée augmenté, 6 à 8 selles par jour ; plusieurs fois, dans les vingt-quatre heures, la douleur gastrique s'exaspère et devient le point de départ d'une crise névralgique générale, pendant laquelle le malade ressent des élancements douloureux dans les différents nerfs de la tête, dont il indique fort bien le trajet avec le doigt ; dans ceux du tronc et des membres, jusqu'au bout des pieds et des doigts; des points douloureux le long du rachis ; en même temps vive anxiété et sentiment de mort prochaine. Je l'ai vu dans un de ces accès, le pouls calme, la peau baignée de sueur, et dans un état presque syncopal. Insomnie absolue, il ne dort ni jour ni nuit, il n'a jamais faim, et comme d'ailleurs les aliments les plus légers augmentent ses souffrances et sa diarrhée, il ne vit plus que de bouillons et de soupes à l'oseille. Il n'est pas obligé de garder le lit, mais il reste des semaines sans quitter l'appartement.

Ces longues souffrances ont enfin retenti sur son caractère ; il est devenu triste, inquiet, pusillanime, hypochondriaque ; depuis le retour de l'épidémie de choléra (1866), il tremble à tout instant; chaque colique, chaque selle lui fait croire qu'il devient la proie du fléau. La vue des gens heureux lui est odieuse, et il m'avoue en pleurant que le spectacle du bonheur de son frère, avec lequel il vit, et qui est sur le point de se marier, lui était tellement insupportable qu'il l'a décidé, tout faible qu'il est, à quitter Paris. Telle est l'histoire de ce malade; son visage amaigri exprime la souffrance ; néanmoins, en l'examinant au lit, nous le trouvons bien moins décharné que la misère de sa figure ne nous l'avait fait supposer. Les masses musculaires ont conservé un certain volume ; cependant, dit-il, il n'est plus que l'ombre de lui-même. Absence de manifestation actuelle de la syphilis. Pas de lésion organique ; nous trouvons à l'épigastre, sur le côté gauche du thorax et dans le dos, plusieurs points d'hyperesthésie musculaire, les deux derniers latents et ne se révélant qu'à la pression. La douleur continuelle que le malade ressent au creux de l'estomac est le fait d'une myosalgie des grands droits de l'abdomen à leur attache supérieure. C'est de ce point que semblent partir les élancements dans les crises névralgiques dont nous avons parlé. Langue nette, urine normale. Le malade paraît n'avoir éprouvé aucun soulagement des différents traitements qu'il a suivis ; il n'en a retiré, dit-il, que du mal, et dans ces derniers temps, il recevait les soins d'un homœopathe.

Le traitement hydrominéral, commencé le 8 août 1866, a duré jusqu'au 30, le malade a pris presque exclusivement l'eau de la source la Reinette, la plus faible, à la dose de trois demi-verres à trois verres (300 à 600 gr.). Contrairement à ce qu'on observe d'ordinaire, les effets physiologiques ont été à peu près nuls, mais le résultat thérapeutique a été surprenant. Dès le deuxième jour, ce malade qui depuis longtemps avait une inappétence absolue, ne vivait depuis six semaines que de soupes et de bouillons, mangeait sa côtelette et la digérait sans souffrance, la diarrhée était supprimée ; peu à peu, les crises névralgiques diminuèrent d intensité, et dès la fin de la première semaine, cessèrent de se montrer. Il n'avait plus ce mal continuel au creux de l'estomac et, n'étant plus que faible, se trouvait guéri. Pendant la deuxième semaine, tourmenté par un appétit insatiable et mangeant outre mesure, il eut deux violentes indigestions qui n'eurent pas de suites, et ne se renouvelèrent plus, dès que, sur ma recommandation, il eut mis quelque modération à ses repas. Bientôt, il eut recouvré toute sa vigueur et pouvait faire à pied et sans fatigue de longues excursions à la campagne. Lorsqu'il quitta Forges, il avait bonne mine ; il ne restait comme symptômes morbides, que les trois points de myosalgie épigastrique, thoracique et rachidienne gauches, mais tous les trois parfaitement latents.

Nous avons revu M. B... en octobre 1867, il arrivait de Cauterets où il avait été faire la cure dans l'espoir de se débarrasser d'un enrouement chronique, dernier vestige de la syphilis; mais il n'avait pu supporter le traitement sulfureux, et revenait à Forges *par reconnaissance*. Il se plaignait aussi d'accidents dyspeptiques, faciles à éviter par le régime ; à part cela, il était tout à fait bien portant.

## OBSERVATION III.

Toux datant de huit mois; cachexie; état nerveux, insomnie; inappétence complète; amélioration immédiate sous l'influence des eaux de Forges.

M$^{me}$ F..., âgée de 45 ans environ, quitte Amiens pour venir à Forges dans la dernière semaine de juin 1866, au milieu de l'épidémie de choléra. Cette femme a eu toute sa vie une grande facilité à contracter des rhumes, et depuis le commencement de l'hiver dernier, elle souffre d'une bronchite intense dont aucun traitement n'a pu la débarrasser et qui l'épuise. Cette femme, en outre. est très-nerveuse, très-impressionnable ; depuis quelques mois, elle a perdu l'appétit et le sommeil, et elle était déjà fort affaiblie, lorsqu'il y a cinq ou six semaines, éclata sur Amiens, l'épidémie de choléra. Depuis cette époque, elle n'a plus eu un seul instant de repos. Pleine d'inquiétude pour les siens, tremblante à tout moment pour sa vie, elle tomba dans un état d'épuisement et d'agitation nerveuse tels que son médecin jugea urgent de l'éloigner de la ville.

Cette femme au visage amaigri, souffreteux, a tout l'aspect d'une phthisique au troisième degré. Elle porte sur la figure un masque d'une teinte bronzée foncée, semblable à celle que prennent certains ictères de longue durée. C'est là simplement une éphélide, les sclérotiques sont d'un blanc mat et le reste de la peau a la coloration normale. Depuis cinq ans et à la suite d'un accident, chute de voiture, les règles, jusque-là régulières, ont cessé de paraître. Actuellement, elle a une toux quinteuse, sèche, très-fatigante ; la poitrine examinée avec grand soin et à plusieurs reprises, la malade étant déshabillée et au lit, nous a toujours paru saine. Nous n'avons du moins constaté rien d'anormal à l'auscultation et à la percussion. Battements de cœur très-fréquents, incommodes, venant par accès à la moindre émotion, léger souffle anémique à la base du cœur. Inappétence absolue, dégoût pour toute espèce d'aliment ; la malade ne mange, dit-elle, que par raison. Fonctions alvines régulières; la digestion du peu qui est ingéré se fait bien. Depuis fort longtemps les jambes sont enflées le soir, et depuis un mois cet œdème ne disparaît plus par le repos de la nuit. Urines normales. Cette femme est extrêmement faible, essoufflée à la moindre marche; c'est à grand'peine qu'elle fait à pied les 300 pas qui séparent son hôtel de l'établissement; mais ce dont elle se plaint le plus, c'est de l'agitation nerveuse; le moindre bruit, dit-elle, la fait tressaillir, la remplit d'épouvante; aussitôt sa respiration devient courte, haletante; elle étouffe, le cœur bat violemment; la voix manque, et il lui semble qu'elle va mourir; la nuit est pour elle un supplice, elle ne ferme pas l'œil un seul instant et ne fait que se retourner dans son lit; la toux est bien plus fréquente, plus quinteuse que le jour; mais ce n'est pas là la cause de l'insomnie qui persiste dans les moments où la toux est calmée. Cependant, il ne paraît pas y avoir de fièvre. pas de chaleur ni de sueur, pas de soif, et les urines du matin sont naturelles.

Cette malade a été bien soignée, mais les différents moyens employés, émollients, balsamiques, amers, révulsifs, sédatifs, etc., n'ont pas produit de bons résultats. Je l'engage à se reposer quelques jours, avant de se mettre à l'usage des eaux, lui prescrivant pour traitement l'application, renouvelée chaque soir au moment du coucher, d'un sinapisme entre les deux épaules. Cependant ses folles frayeurs, son inquiétude, se calment un peu. La malade n'a plus peur pour elle, et elle se sent plus forte pour supporter l'absence de son mari, que ses fonctions publiques ont obligé à repartir de suite pour Amiens. Elle ne s'affecte pas de l'accueil glacial de ses compagnons d'hôtel qui, la sachant venir d'une ville infestée du choléra, et effrayés de sa mine malheureuse, de son teint bronzé, n'osent approcher d'elle. La toux devient moins quinteuse, moins obsédante, mais persiste, ainsi que le malaise, l'agitation nerveuse, l'insomnie et l'inappétence absolues. Le sixième jour de son arrivée à Forges, elle commence le traitement thermal qui a duré une saison et demie (près de cinq semaines) et a été très-bien supporté. Voici quels en ont été les effets thérapeutiques. Dès les premiers jours, diminution sensible de l'éréthisme nerveux, surtout pendant la nuit où la malade s'assoupit et goûte quelques instants de repos. Dès la fin de la semaine, le sommeil était revenu, ainsi que l'appétit; la toux était assez calmée pour me permettre d'ordonner les bains ferrugineux (un tous les deux jours). Peu à peu les différents symptômes nerveux, les palpitations se calmèrent, puis disparurent; l'appétit devint excessif, et les digestions restèrent bonnes, malgré la grande quantité d'aliments ingérés. La toux cessa presque entièrement. Il persista cependant une toux sèche, brève, nerveuse, et même revenant à de rares intervalles, quelques petits accès quinteux. Les forces ne tardèrent pas à renaître. L'œdème des extrémités se dissipa pour ne reparaître qu'au soir et seulement les jours de longues promenades. La malade prit des chairs ; le bruit de souffle cardiaque disparut; la teinte bronzée de son masque devint moins foncée, bien qu'aucun traitement spécial n'eût été dirigé de ce côté, et lorsqu'elle quitta Forges, elle se trouvait en bonne santé et à peu près méconnaissable.

Les trois observations que nous venons de rapporter paraissent entachées d'une même cause d'erreur. Il s'agit, en effet, de malades venant tous d'un endroit infesté du choléra et ayant fortement ressenti le mal de la peur. Mais, en admettant, ce qui est fort vraisemblable, que la *choléro-phobie* ait pu produire quelque nouvel accident et en aggraver d'autres, il nous semble impossible, d'après le fait de l'antériorité de la maladie et d'après les détails de chaque observation, de ne pas attribuer à l'action curative des eaux de Forges la plus grande partie du résultat obtenu. Les observations qui suivent ne sont, d'ailleurs, pas passibles des mêmes objections.

### OBSERVATION IV.

Névralgie générale; amélioration immédiate, puis guérison par les eaux de Forges.

Mlle * * *, âgée de 16 ans, brune, au teint fortement coloré, aux lèvres très-roses, vivant dans l'aisance et dans d'excellentes conditions hygiéniques, s'est toujours bien portée jusqu'au commencement de cette année; l'évolution pubère s'est faite aisément; les règles sont venues abondantes. sans douleur et régulières dès les premières apparitions; depuis cinq à six mois, sans cause connue, sa santé s'est dérangée; l'appétit est devenu capricieux, les digestions difficiles; elle a des maux d'estomac, des douleurs au dos, des battements de cœur. Les règles coulent plus fort et plus longtemps, huit jours au lieu de cinq, et s'accompagnent de quelques légers maux de reins; mais, bien loin que cette époque soit pour elle une période de malaise, elle observe que c'est toujours alors qu'elle est le mieux disposée, et maintenant c'est le seul moment du mois où tous les accidents qu'elle éprouve disparaissent, au point qu'elle se retrouve tout à fait bien. Depuis trois mois, elle est sujette à des douleurs névralgiques, qui, d'abord légères, localisées et passagères, ont peu à peu augmenté d'intensité et d'étendue, au point de devenir menaçantes et tout à fait insupportables. Au début, c'étaient un chatouillement, des élancements dans le côté droit de la langue, puis dans les gencives et les différentes branches de la cinquième paire. La douleur, d'abord passagère, est devenue continue avec des exacerbations, puis elle s'est étendue à d'autres nerfs, et aujourd'hui, dans les paroxysmes, la névralgie est vraiment générale. En effet, dans ces accès, la douleur qui part toujours du bord droit de la langue, envahit vite les différents troncs de la tête, puis s'irradie le long des membres supérieurs et inférieurs jusqu'au bout des doigts et des pieds; en même temps, il se manifeste des points douloureux tout le long du dos, à l'estomac, aux côtés. Durant ces crises, la jeune fille se roidit et éprouve quelques secousses tétaniques, contractions musculaires que rien ne permet de rattacher à une attaque convulsive d'hystérie et qui sont de même ordre que celles observées dans le tic douloureux, dans la sciatique. Ces accès durent près d'une demi-heure, et depuis un mois se renouvellent quatre ou cinq fois par jour. Notons enfin que cette jeune fille, bien que ne présentant pas les symptômes de l'hystérie vaporeuse, a déjà eu quelques accidents dits hystériques, quelques accès d'étouffement, avec anxiété épigastrique, battements de cœur, sentiment de strangulation, difficulté de la déglutition, puis sanglots, pleurs et, une ou deux fois, quelques mouvements spasmodiques, mais jamais d'attaque convulsive proprement dite. Du reste, ces accès ne se sont encore montrés que cinq ou six fois. Depuis quelques jours, l'épigastralgie est très-intense et continue, l'inappétence absolue, l'insomnie complète, même en dehors des accès névralgiques. Comme je l'ai dit, cette jeune fille est fortement colorée, ses lèvres sont très-roses, mais la peau qui les entoure présente une pâleur, une teinte légèrement jaunâtre significative; à cela près, elle n'a pas l'air malade et ne paraît pas avoir maigri.

Je constate un léger bruit de souffle anémique au cœur, de la myodynie épigastrique. Absence de traces d'irritation de l'estomac, langue nette, urines normales. Les parents de cette jeune fille m'assurent qu'elle n'a encore fait aucun traitement, ce dont je doute. — Je commençai par modérer l'épigastralgie par quelques applications de sinapisme, et après plusieurs jours d'observation, je prescrivis les eaux de Forges : la jeune fille prit chaque jour quatre verres d'eau de la source Cardinale, qui fut très-bien supportée, très-vite absorbée, ce qu'il était facile de reconnaître à la diurèse presque immédiate qu'elle provoquait; la cure dura trois semaines et donna les résultats suivants. Dès le deuxième jour, suppression des accès de névralgie générale; il ne reste que la prosopalgie droite, sensiblement atténuée dans ses symptômes constants et dans ses paroxysmes, qui ne sont plus accompagnés de vertige, de faiblesse, de refroidissement général; au cinquième jour, la névralgie proprement dite a disparu; il ne reste qu'un endolorissement du côté droit de la langue, l'appétit est revenu, la digestion se fait bien; les malaises et les maux d'estomac qui venaient quelque temps après le repas ont disparu, elle commence à dormir; dès ce moment la malade se considère comme guérie. Bientôt, du reste, disparut la teinte jaunâtre de la peau des lèvres et du menton, le bruit de souffle au cœur, et l'endolorissement du bord de la langue. La durée des règles rentra dans les limites (5 jours) qu'elles avaient avant la maladie, et jusqu'à la fin de janvier 1867, cette guérison ne s'est pas démentie.

## OBSERVATION V.

Névralgie faciale ; syphilis ; amélioration immédiate de la névralgie sous l'influence des eaux de Forges.

Madame *** a longtemps, et à plusieurs reprises, souffert de névralgies et particulièrement de névralgies faciales; on l'a souvent considérée comme chlorotique et traitée avec succès par les préparations de fer. En 1865, elle a eu une violente attaque de rhumatisme articulaire aigu. — A cela près, elle s'est généralement bien portée. Elle est mariée depuis six mois, et depuis ce moment, elle a beaucoup pâli et maigri. Le 15 décembre 1866, elle me consulte pour un retour de névralgie faciale et une vive douleur d'épaule dont elle souffre depuis une quinzaine. La douleur faciale, plus intense la nuit que le jour, a son centre sur le pariétal droit, en dedans et en arrière de la bosse pariétale; toute cette région est endolorie, le moindre attouchement, le simple frôlement des cheveux, provoque des cris; de temps en temps, il part de ce point des élancements douloureux qui s'irradient dans les différentes branches du trijumeau et constituent des accès se répétant cinq ou six fois par jour à des intervalles irréguliers. La douleur de l'épaule sise sous la clavicule, consiste en une hyperesthésie des muscles grand pectoral et deltoïde; outre cette douleur musculaire qui est constante, il se développe plusieurs fois par jour en ce point une série d'élancements douloureux, à caractère névralgique dont les accès ne coïncident pas avec les paroxysmes de la prosopalgie.—Depuis une quinzaine de jours, perte de l'appétit, bouche amère, langue saburrale, urines rares et chargées, sommeil difficile, agité, figure pâle, abattue, décoloration des tissus, souffle anémique au cœur.

Une application de sinapisme enlève la douleur sous-claviculaire, et supprime les accès névralgiques de cette région. Je cherche en vain à modérer la douleur temporale par des onctions belladonées, des applications chloroformées sur le cuir chevelu, pendant que les évacuants, puis les amers font disparaître l'état saburral. — Le 19 décembre, la langue est nette, les urines normales, et du 19 au 24, j'emploie la morphine à l'intérieur, administrée à doses fractionnées et progressivement croissantes, cela sans aucun bon résultat; la douleur reste la même, les nuits sont aussi mauvaises et l'inappétence persiste, je supprime l'opium et prescris l'eau de la source Cardinale à la dose de quatre verres par jour; dès ce moment la névralgie diminue, et à la fin de la première semaine elle avait disparu, le sommeil et l'appétit étaient revenus, néanmoins le traitement hydro-minéral est continué.

9 janvier. Les douleurs n'ont pas reparu, mais la malade a toujours bien mauvaise mine; elle mange, digère et dort bien,

cependant elle reste profondément anémique. L'explication de cette anomalie m'est fournie par quelques boutons à l'anus dont elle me parle pour la première fois et qui sont des plaques muqueuses; induration des ganglions inguinaux et cervicaux postérieurs. Le mari, interrogé, m'apprend qu'il a eu de longs maux de gorge pour lesquels il a subi à Rouen un traitement par des pilules qui ont amené la salivation. Prescription : — Faire, matin et soir, sur les plaques muqueuses des lotions avec la liqueur de Labarraque, suivies d'application de poudre de calomel. Continuation de l'eau de la Cardinale.

24 février. Depuis quelques jours céphalée nocturne, douleurs rhumatoïdes; taches érythémateuses sur le devant de la poitrine ; la gorge est rouge et douloureuse, l'état général est resté le même, l'anémie aussi prononcée qu'au début du traitement. Je commence le traitement spécifique.

*Remarques*. — Il n'est pas bien aisé de décider quelle est la nature de cette névralgie ; sa persistance après la disparition de l'embarras gastrique ne permet pas de la rattacher à un état saburral des premières voies ; l'insuccès des applications locales stimulantes ne laisse guère penser qu'elle soit rhumatismale. On sait que les névralgies des anémiques se font davantage sentir le jour, et bénéficient ordinairement du calorique et de l'opium ; c'était tout le contraire chez notre malade. Peut-être pourrait-on admettre une névralgie syphilitique. Mais ceci importe peu pour ce que nous voulons démontrer. Quelle que soit la nature de la névralgie, l'action sédative de l'eau ferrugineuse est manifeste et d'autant plus remarquable qu'elle s'est produite indépendamment de toute modification heureuse de l'état général.

## OBSERVATION VI.

Hystérie ; accès fébriles ; fièvre nerveuse revenant chaque jour depuis une quinzaine d'années ; asthénie musculaire ; névralgie cervico-brachiale ; amélioration
immédiate ; guérison.

M$^{me}$ D... (de Paris), âgée de 50 ans environ, a toujours vécu
dans l'aisance. Sa jeunesse n'a pas été maladive ; elle s'est
formée sans peine à 12 ans, a échappé à la chlorose et n'a jamais eu d'enfants. La maladie qui l'amène aux eaux a débuté
peu de temps après le mariage, à la suite de violents chagrins,
par des attaques convulsives d'hystérie qui, revenant plusieurs fois par mois, se réproduisirent sans trouble notable
de la santé pendant cinq à six ans, puis s'espacèrent et disparurent. Mais, M$^{me}$ D... ne s'en porta pas mieux ; au contraire, elle devint *irritable, nerveuse,* et commença à subir toutes
les misères de l'hystérie vaporeuse. Dès ce moment ses forces
déclinèrent, et depuis, malgré les soins dont elle est entourée,
les bonnes conditions hygiéniques, elle n'a cessé d'être né-
vropathique et languissante. Depuis une quinzaine d'années,
M$^{me}$ D... est sujette à des accès de fièvre qui reviennent chaque
jour, non régulièrement à la même heure, mais le plus souvent
dans l'après-midi ; accès variables d'intensité, mais plus forts
après une fatigue, une contrariété, et composés d'un court stade
de froid, allant rarement jusqu'au frisson ; de chaleur, puis
de sueurs durant plus longtemps et se prolongeant parfois
toute la nuit. Depuis la cessation des règles, survenue il y a
douze ans, à la suite d'une fluxion de poitrine, ces sueurs sont
plus abondantes ; parfois elles sont excessives, pénétrant
toutes les parties du lit au point que la malade fume à travers
ses couvertures, et la laissant épuisée. — Bien loin que la mé-
nopause ait été pour elle l'occasion d'une meilleure santé,
M$^{me}$ D... note que depuis ce moment son irritablité nerveuse,
sa faiblesse ont augmenté Il lui semble que plus elle va, plus
elle souffre.—Il y a huit mois elle a eu une bronchite aiguë apy-
rétique qui dura six semaines ; elle était si faible que, tout en
continuant à boire et à manger comme d'habitude, elle fut
forcée tout ce temps de garder le lit. Après cette maladie,
M$^{me}$ D... a notablement engraissé sans devenir plus forte, et
a vu céder une constipation opiniâtre dont elle souffrait depuis plus de vingt ans, n'allant guère à la selle qu'à l'aide de

la rhubarbe ou par lavements ; mais les accidents nerveux dont elle est tourmentée depuis si longtemps ne se sont pas amendés. — Depuis deux à trois mois, elle est atteinte d'une névralgie cervico-brachiale avec points douloureux constants à la partie antérieure du moignon de l'épaule et à la partie externe du bras, avec irradiation dans le creux sus-claviculaire, l'avant-bras et jusqu'au bout des doigts.

Depuis près de trente ans qu'elle est malade, Mme D... n'a pas cessé de se soigner. Elle a pris les conseils des meilleurs médecins et suivi bien des traitements. Mais quelques-uns des accidents qui la tourmentent ont été de tout temps particulièrement rebelles ; ainsi, le sentiment de fatigue habituelle, les accès de fièvre et la douleur du bras, qui n'ont, assure-t-elle, pu être influencés par aucune médication.

A son arrivée à Forges, M. D... est dans l'état suivant : elle présente un notable embonpoint ; son visage exprime la souffrance, l'abattement, mais elle n'est pas pâle ; les muqueuses sont bien colorées, il n'existe pas de souffle dans les vaisseaux du cou non plus qu'au cœur, et l'on ne peut dire qu'elle soit anémique. Les accidents qu'elle accuse sont tous ceux que nous avons relatés ; une grande impressionnabilité, les accès fébriles quotidiens, la douleur du bras, et surtout une faiblesse musculaire extrême, un sentiment continuel de fatigue, de courbature, une sorte de paresse à se remuer. Ce symptôme est constant ; il existe au réveil après une bonne nuit ; la prise des aliments ne le diminue pas, et il ne paraît pas que le travail de la digestion l'augmente ; souvent cette fatigue oblige la malade à garder le lit. Depuis quelques semaines qu'elle est plus souffrante, que les nuits sont mauvaises, Mme D.. en est comme anéantie, et les trois premiers jours de son arrivée à Forges, elle n'ose quitter l'appartement pour se rendre aux eaux. — Ajoutons que depuis quelque temps Mme D.. n'a plus d'appétit ; qu'il y a tendance à la constipation ; cependant la langue est nette, le goût intact et les urines normales.

La cure hydro-minérale, commencée le 19 juillet 1867, terminée au 10 août, a consisté en l'usage des eaux en boisson et, à partir du 26 juillet, en douches ferrugineuses froides générales, répétées chaque jour. Les eaux ont été prises avec plaisir et bien supportées ; dès les premiers jours, elles ont amené la diurèse ; les selles, rares avant le début de la cure, sont vite redevenues faciles et ont gardé jusqu'à la fin leur couleur normale; ce n'est qu'aux trois ou quatre derniers jours qu'elles ont pris une teinte foncée, puis noirâtre, en même temps que les urines diminuaient de quantité et que la malade se plaignait de bouffées de chaleur au visage après les repas.

Les effets curatifs sont des plus remarquables. Dès les premiers jours de la cure, amélioration de tous les symptômes. La malade recouvre l'appétit et le sommeil; les forces reviennent, et elle voit disparaître la fatigue et la paresse musculaire habituelles; les accès de fièvre diminuent et cessent. — Le 27 juillet, jour de notre second examen, nous trouvons la malade radieuse; depuis quelques jours, la fièvre n'est pas revenue; elle a retrouvé ses forces et prend plaisir à se promener. Ce résultat, qu'aucun traitement n'a encore amené, la ravit et elle a repris l'espoir, depuis longtemps perdu, de recouvrer sa santé. Les douleurs du bras ont aussi diminué d'intensité. — Une telle amélioration survenue si brusquement nous paraissait suspecte, et nous ne partagions pas toutes les espérances de la malade. Cependant ce mieux s'est continué, et, à son départ de Forges, M$^{me}$ D... se jugeait complétement guérie. Elle n'était plus, disait-elle, *nerveuse;* les accès de fièvre n'avaient pas reparu; elle jouissait de toute sa force et pouvait faire à pied, sans beaucoup de fatigue, des promenades de plusieurs lieues. Elle ne ressentait qu'un peu de douleur à la partie externe du bras, douleur continue, sans élancement, et très-aisément supportable, dernier reste de la névralgie cervico-brachiale. Le jour de son départ, M$^{me}$ D... nous dit pour la première fois que, depuis longtemps, elle éprouvait à la moindre marche de la pesanteur au bas-ventre et aux reins avec la sensation d'un corps étranger à la vulve. M. Richet avait diagnostiqué un cystocèle et prescrit l'emploi d'un pessaire à air qui n'a pu être supporté. M$^{me}$ D... est très-étonnée de ne plus rien ressentir de ce côté, même après de longues promenades, et elle se croit guérie de son infirmité.

*État de la malade six mois après la cure.* — Le 28 février 1868, M$^{me}$ D... nous écrivait de Toulon que sa santé continuait à être bonne, qu'elle avait passé l'hiver sans être un seul jour obligée de garder le lit, « chose qui ne lui était pas arrivée depuis quatorze à quinze ans». Elle n'avait pas eu un seul accès de fièvre. La névralgie du bras était tout à fait guérie. Seulement il paraît que la guérison du cystocèle n'était qu'une illusion. «Toutefois, dit-elle, il y a de ce côté une amélioration tellement grande qu'une marche de deux à trois lieues ne lui fait éprouver aucune impression désagréable.»

## OBSERVATION VII.

Vomissements nerveux; amélioration immédiate et guérison rapide par les eaux de Forges.

M$^{lle}$ B***, de Compainville, âgée de 26 ans, issue de parents sains, a eu pour la première fois ses règles à 16 ans, sans douleur ni malaise; la menstruation n'a pas beaucoup tardé à devenir régulière, et, à part quelques tiraillements d'estomac, quelques douleurs de tête insignifiantes et passagères, elle s'était toujours bien portée, lorsqu'à 18 ans, elle fut prise, sans cause connue, d'une très-grave affection de l'estomac qui, pendant trois années consécutives, la rendit tout à fait malade, incapable de se livrer à aucune occupation, et forcée, tant par la faiblesse que par la douleur, à passer une partie de son temps au lit. C'était une dyspepsie avec gastralgie et vomissements. Contre ces accidents bien des médecins furent consultés, bien des traitements suivis : saignées générales et locales, vésicatoires, opiacés, bismuth, alcalins, ferrugineux, amers, etc., etc., sans que rien pût lui procurer quelque soulagement, jusqu'à ce qu'enfin, lassée du régime et des drogues, elle cessât tout à fait de se soigner. Au bout de trois années, le mal disparut peu à peu comme il était venu, sans qu'elle sache pourquoi. Les symptômes présentés dans cette première attaque étaient à peu près les mêmes que ceux qu'elle ressent maintenant, et que nous décrirons plus bas. Notons seulement que, pendant ces trois années de maladie, les accidents restèrent localisés à l'estomac, qu'il n'y eut aucun trouble des systèmes nerveux et utérin, et qu'enfin, dans l'anamnèse, rien ne permet de rapporter le développement du mal à la chlorose ou à l'hystérie. Débarrassée de ses maux d'estomac, elle ne tarde pas à reprendre des forces, de la mine, de l'embonpoint et à revenir à une parfaite santé. Il en fut ainsi jusqu'au mois de novembre dernier, où, sans cause appréciable, elle vit peu à peu reparaître les mêmes accidents.

Voici comment les choses se passent le plus souvent. Plusieurs fois par jour, elle est prise de vives douleurs à l'estomac, au dos, accompagnées de battements de cœur, de dyspnée et d'un malaise extrême. Si cet accès, dit elle, survient à jeun, ou lorsque l'estomac est vide, il dure peu de temps et est en général supportable; mais, s'il vient dans les quelques heures qui suivent le repas, il est très-violent et dure jusqu'à ce qu'un vomissement ait vidé l'estomac. Mais tous les accès ne sont pas identiques : tantôt c'est la gastralgie qui prédomine, la malade en a plusieurs attaques par jour, aussi bien à jeun que pendant la digestion ; d'autres fois c'est la dyspepsie : pendant sept, huit jours, la malade n'a pas une seule attaque de gastralgie proprement dite ; mais, après chaque repas, elle éprouve pendant cinq, six heures et plus, une gêne, un malaise, un brisement des forces tels qu'elle est à peine capable de se tenir debout. Dans d'autres moments enfin, et cela particulièrement à l'époque des règles, ce sont les vomissements qui la tourmentent : elle vomit tous ses repas peu de temps après les avoir pris. Depuis le retour de ces accidents, la malade a considérablement maigri ; elle n'est plus, dit-elle, que l'ombre d'elle-même. Elle n'est capable d'aucun travail et passe la plus grande partie du jour assise ou sur son lit. Actuellement, elle n'a plus d'appétit, tout lui répugne, et, comme tout aliment augmente ses souffrances, elle ne vit plus que de potages. — Langue nette. Constipation opiniâtre. Urines variables, selon le moment où elles sont émises ; celles rendues dans les quatre ou cinq heures qui suivent le repas sont rares, rouges et sédimenteuses ; celles rendues dans d'autres conditions, le matin par exemple, sont normales. L'examen physique nous fait constater un léger bruit anémique au cœur, et de plus une affection organique (hypertrophie, bruit rude et très-bref, venant immédiatement après le deuxième bruit, qui est normal, et ayant son maximum à la base et sur le côté gauche du cœur) ; pas de point latent d'hyperesthésie musculaire à l'épigastre et le long du rachis ; bruit de clapotement stomacal.

Le traitement employé depuis trois mois a consisté en évacuants, ferrugineux et amers ; il ne paraît pas avoir amené d'amendement.

Avant de faire prendre à cette malade les eaux de Forges, nous l'observons pendant douze jours, la soumettant à un régime convenable, dont les effets curatifs ont été absolument nuls.

Le traitement hydro-minéral est commencé le 8 février 1867, et continué pendant un mois. Il consiste en deux verres d'eau de la source la Cardinale, le matin à jeun, et un troisième verre le soir, une heure avant le souper. Dès les premiers jours, diminution des phénomènes dyspeptiques et gastralgiques ; le troisième jour l'appétit est assez revenu et la malade se sent assez bien pour manger et digérer sans peine une côtelette de mouton, aliment depuis trois mois indigeste au premier chef, provoquant constamment de violentes douleurs d'estomac et des vomissements. Le 15 février, elle se considère comme guérie; elle commence à reprendre sa vie habituelle, ses occupations de fermière; elle se remet au régime commun (fromage, haricots, choux au lard) qu'elle préfère de beaucoup à celui que j'ai prescrit. Le 29 février, elle est tout à fait bien; elle a bonne mine et, dit-elle, toutes ses forces; les maux d'estomac n'ont pas reparu, et elle n'est venue nous consulter que pour savoir s'il était bien utile de continuer encore l'eau minérale. — L'examen physique nous fait constater la disparition du bruit de souffle à la base du cœur et au premier temps, la persistance du bruit anormal au deuxième temps et l'absence de tout son hydro-aérique à la région de l'estomac. (Nous avons plusieurs fois revu cette malade, dont la guérison ne s'est pas un seul instant démentie. — Février 1868.)

## OBSERVATION VIII.

*Vomissements nerveux datant de huit mois, cessant de se reproduire au quatrième jour du traitement; guérison.*

Ernestine R....., âgée de 24 ans, domestique à Argueil, vient nous consulter, le 13 février 1868, pour des vomissements qui, depuis huit mois, reviennent régulièrement après chaque repas.

Ernestine nous raconte qu'à part cette maladie elle s'est toujours très-bien portée. Fille d'ouvriers, elle a dû travailler de bonne heure, mais jamais au delà de ses forces, et elle n'a pas connu la misère. Les règles ont paru pour la première à 19 ans, sans douleur; elles sont peu abondantes et irrégulières. Depuis cinq ans, elle est domestique dans une ferme où elle est bien nourrie, bien traitée, et où elle s'estime heureuse. — Au mois de juillet 1867, elle était en parfaite santé, grosse et grasse, dit-elle, quand, brusquement et sans cause connue, elle fut prise de mal à l'estomac et de vomissements. Depuis ce moment, ces accidents se répètent chaque fois qu'elle a mangé. Quelques instants après, dix minutes, un quart d'heure au plus, elle ressent une vive douleur à l'épigastre et au dos, des envies de vomir, elle rend quelques gorgées d'eaux claires, insipides, ayant l'aspect du blanc d'œuf cru et enfin les aliments; puis elle est soulagée. Quand par hasard, et cela est tout à fait exceptionnel, le mal d'estomac ne vient pas dans l'heure qui suit la prise des aliments, le repas est digéré, et Ernestine sait qu'elle ne vomira pas. Outre ces accidents gas-triques, Ernestine est sujette, depuis le commencement de son mal, à des battements de cœur, faisant rarement défaut dans les crises qui suivent les repas et revenant souvent par accès dans le cours de la journée, même quand la malade est au repos. Au début, les aliments une fois rejetés, tout malaise cessait, Ernestine pouvait reprendre ses occupations et le sentiment de la faim ne reparaissait guère qu'aux heures ha-bituelles des repas. Mais depuis longtemps il persiste, entre les crises gastralgiques, de la douleur au dos et à l'épigastre; il survient des tiraillements d'estomac, des fringales, que la ma-lade calme en mangeant quelques bouchées de pain, bientôt rejetées comme les autres aliments.

Le matin au réveil et tant qu'elle est à jeun, ces phéno-mènes n'existent pas, elle se sent très-bien; et aujourd'hui encore, quoiqu'elle ait considérablement maigri et perdu de ses forces, elle est capable à ce moment de se livrer comme les autres servantes aux travaux de la ferme (traite des vaches). Mais, dès qu'elle a mangé, les accidents reviennent, son énergie l'abandonne, la moindre fatigue provoque des palpi-tations assez violentes pour l'obliger à s'arrêter et à s'asseoir, de sorte que le reste du jour elle n'est littéralement bonne à rien. Ses maîtres ne la gardent que par commisération.

Ajoutons que le sommeil a toujours été bon, l'appétit vif, les selles normales, la calorification régulière. Depuis le début du mal les règles n'ont paru que deux fois, la dernière menstrua-tion qui a duré une dizaine de jours, très-peu abondante, ve-nant de cesser. Notons aussi que ces longues souffrances n'ont pas altéré le caractère de la malade et qu'il n'existe pas de symptôme nerveux autre que ceux mentionnés.

Depuis huit mois qu'elle est malade, Ernestine est en trai-tement. Tout d'abord et malgré ses dénégations, on la con-sidérait comme enceinte et on lui faisait prendre des pou-dres; on a ensuite dirigé le traitement contre le « batte-ment de cœur », puis contre « l'appauvrissement du sang. » Elle a pris ainsi bien des remèdes sur la nature desquels elle ne peut nous renseigner; elle sait seulement qu'elle a fait usage de plusieurs sortes de préparations ferrugineuses. Du reste, dit-elle, ces remèdes ne lui ont jamais fait ni bien ni mal.

En octobre dernier, ayant cessé depuis une quinzaine de jours tout traitement, elle vit ses vomissements s'arrêter; mais cette apparente guérison ne dura qu'un mois, les accidents reparurent, et depuis rien n'a pu les modifier.

*Etat actuel*, 13 février 1868. Fille très-maigre et très-pâle, teinte jaune blafarde du visage; muqueuses décolorées; pouls petit, misérable; absence de bruit de souffle au cœur et dans les vaisseaux; — l'épigastralgie habituelle est le fait de l'hyperesthésie des muscles de la paroi abdominale; — absence de gargouillement stomacal; — utérus petit, parfaitement sain; — leucorrhée vaginale.

Le traitement commencé le 14 février, terminé au 5 mars, consiste en l'eau minérale de Forges (Reinette) prise le matin à jeun à la dose de trois verres. Cependant, la malade ne change en rien sa manière de vivre; elle continue le régime un peu grossier de la ferme (presque toujours porc ou bœuf bouilli avec choux et pommes de terre), nous avons obtenu seulement qu'au déjeuner le matin, au lieu de pain et fromage, elle prendrait une tasse de chocolat.

Voici quels ont été les résultats : les trois premiers jours, pas de changement notable; le quatrième, les vomissements cessent, ainsi que les battements de cœur, et ne se reproduisent pas les jours suivants. Mais la malade souffre de l'estomac pendant plusieurs heures après le repas. Le 20 février, où nous voyons la malade pour la seconde fois, ces douleurs sont insignifiantes. — Ernestine a bien meilleure mine, les yeux ne sont plus excavés et la figure est plus pleine. — Les jours suivants, tout malaise disparaît, mais le 25 (mardi gras), elle se lève fatiguée, courbatue, souffrant des reins et du ventre; elle boit les eaux avec répugnance, déjeune sans appétit, et quelques instants après, est prise d'épigastralgie et vomit. Les 25, 26 et 27, ces accidents se reproduisent après chaque repas. Chacun de ces jours, Ernestine se lève fatiguée et toute souffrante, ce qui n'arrivait jamais, même aux plus mauvais jours de la maladie. Le 28, elle commence l'usage de la Cardinale, et les accidents ne reviennent plus. Le 5 mars, Ernestine est très bien; elle n'a plus aucune douleur, aucun malaise, elle a bonne mine, son appétit est excessif; c'est en vain que nous l'engageons à continuer les eaux, elle se considère comme tout à fait guérie et cesse le traitement....

Le 2 avril, nous avons appris par la mère de la malade que cette guérison ne s'était pas démentie.

Les observations qui précèdent nous paraissent mettre hors de doute l'action calmante sédative exercée immédiatement et directement par les eaux de Forges sur certains accidents nerveux ; les obs. IV, V, VII et VIII recueillies sur des gens du pays, nous semblent, par cela même, tout à fait démonstratives. En effet, les malades ayant pris les eaux sans changer de lieux, de régime, de genre de vie, on ne peut invoquer ici cette fin de non-recevoir, trop souvent objectée aux succès des médecins hydrologistes, que le voyage, le changement d'air, les distractions, etc., ont fait plus pour le résultat que les eaux. Aucun de nos malades n'avait échappé à l'anémie, cette compagne habituelle des maladies chroniques ; mais bien évidemment, chez la plupart, l'anémie était secondaire et consécutive, et, dans tous les cas, l'amélioration a été si rapide qu'il n'est guère possible de la faire dépendre d'un changement dans la constitution du sang ; dans la cinquième observation d'ailleurs, on voit la douleur névralgique se calmer et disparaître sans que l'état cachectique de la malade ait en rien diminué.

Si maintenant nous recherchons comment ont agi les eaux de Forges, nous sommes amené à conclure que c'est par le fer et seulement par le fer, qui les minéralise. En effet, nous ne pouvons invoquer l'action de la basse température de ces eaux (6 à 7 degrés centigrades). Le froid, sans doute, est le type des sédatifs ; mais, comme le font remar-

quer Trousseau et Pidoux, c'est moins dans les lé-
sions de la sensibilité que dans celles de la contrac-
tilité et de la caloricité que la médication réfrigé-
rante est opportune (1) ; les auteurs qui, à l'exemple
de Pomme et de Tissot, ont le plus vanté les bons
effets de l'eau froide prise en boisson dans le traitement des maladies vaporeuses, c'est-à-dire de
l'hystérie et l'hypochondrie, étaient loin, bien loin
de se borner à son usage dans la pratique, et c'est
en vain qu'on cherche dans leurs œuvres des observations de guérison ou d'amélioration des affections qui nous occupent, réalisées par ce seul agent.
Mais, bien plus, *frigus nervis inimicum*, et nous
sommes porté à penser que, dans certains cas,
cette basse température a plus d'un inconvénient.
Nous avons traité, cette année (1867), une dame atteinte de névralgies multiples, à qui l'eau de Forges
donnait des accès de névralgies dentaires, qu'elle
n'avait encore jamais ressenties, et qui n'ont pas reparu, dès que sur notre conseil, elle eut fait usage
de l'eau minérale tiédie. Pour en revenir à nos malades, nous ferons remarquer que l'action sédative
de l'eau ne peut nullement être attribuée à sa basse
température chez les sujets des observations IV, V,
VII et VIII qui se servaient d'eau transportée et prise
à la température de la chambre.

Pouvons-nous accorder une part plus grande à
l'action de l'acide carbonique, dont l'eau de Forges
contient en combinaison une faible quantité (1/4 de
volume) ? Mais l'acide carbonique est un des élé-

(1) Thérapeutique, 6e édit., t. II, p. 695.

ments les plus constants des eaux minérales, c'est à peine si, en France, l'on connaît cinq ou six sources qui en soient complétement privées ; et, d'ailleurs l'expérience de chacun n'a-t-elle pas suffisamment appris que les eaux simplement gazeuses sont loin de donner de semblables résultats.

D'autre part, les diverses analyses des eaux de Forges ont montré que ces eaux sont exclusivement ferrugineuses ; à part le fer, la chimie n'y constate que les sels les plus insignifiants et aux doses les plus minimes ; 20 centigrammes par litre, c'est-à-dire moins de matériaux que n'en contient l'eau que nous buvons à nos repas et qui sert à tous nos usages domestiques. Les expériences directes de M. le professeur Chevallier et les recherches multipliées de M. Cisseville ont prouvé qu'elles ne contiennent pas d'arsenic... Nous sommes donc forcé de conclure que c'est au fer, et rien qu'au fer, qu'il faut rapporter tout l'honneur de leurs cures.

Et quoi! une aussi faible quantité de fer, n'ayant en aucun cas atteint la dose journalière de 5 centigrammes, a pu, dès l'abord, amener une sédation aussi remarquable d'accidents nerveux invétérés et rebelles aux sédatifs les plus puissants!... Il faut bien l'admettre, et d'ailleurs il est facile de montrer que cette dose n'est insignifiante qu'en apparence. En effet, lorsqu'on fait usage des préparations martiales ordinaires, on sait qu'en aucune circonstance, la masse de fer administrée n'est complétement absorbée ; qu'au contraire, la quantité livrée à l'absorption, variable selon la nature du

produit employé, est toujours extrêmement faible.
Il résulte des patientes investigations de Qué-
venne(1)que, pour introduire dans le suc gastrique
5 centigrammes de fer métallique, il faut employer
de fer réduit 1/2 gram. ; de carbonate de fer sec,
1 gram. ; de lactate de fer, 1 gr. 20 ; et de safran de
mars près de 3 gram. Or :

*Avec l'eau de Forges, lorsqu'elle est convenablement
prise et qu'il n'existe aucune contre-indication à son emploi, la totalité du fer ingéré est absorbée, on n'en trouve
pas de trace dans les selles.*

Ce fait est capital et caractéristique ; il donne la raison de la grande activité des eaux de Forges. Un litre
d'eau de la Cardinale, prise dans les conditions indi-
quées, introduisant dans le sang 5 c. 8 de fer métallique, se trouve ainsi être l'*équivalent physiologique* de
plus de 1/2 gr. de fer réduit, de 1 gramme de carbonate de fer sec, de 1 gramme 20 de lactate, et de
3 grammes de safran de mars. Le même fait permet
aussi d'expliquer pourquoi les eaux de Forges ont si
vite et si bien agi, alors que d'autres préparations ferrugineuses, souvent variées et prises avec persévé-
rance, n'avaient donné aucun bon résultat. Si l'on se
rappelle que l'absorption du fer n'est pas un fait constant, fatal dans la médication chalybée, que souvent, très-souvent, les masses de fer ingérées sont
rendues intégralement dans les selles (2), n'est-il

(1) Mémoire sur l'action physiol. et thérap. des ferrugineux. Voy. le tableau des
équivalents physiologiques, etc.
(2) Témoin les expériences de Bruck (de Driburg), in. Journ. des connaiss. méd.
chirurg., t. IV, p. 216 (citation empruntée à Trousseau et Pidoux); et celles plus
concluantes encore de Cl Bernard. leçons faites au Collége de France (Union méd.
1854).

pas vraisemblable que, dans les cas dont nous parlons, où précisément . on contate la coïncidence de troubles fonctionnels sérieux de la digestion, le remède n'a pas agi parce qu'il n'a pas été introduit dans le sang et mis ainsi à même d'exercer ses vertus curatives?

Ces points établis, il faudrait rechercher dans quelles circonstances les eaux de Forges déploient cette action sédative immédiate; si elle est obtenue dans tous les cas indistinctement, ou seulement dans certaines conditions *nosologiques* ou autres? Nous ne sommes pas en mesure d'élucider *a posteriori* et par des faits positifs cette question d'indication et de contre-indication; nous ferons seulement remarquer qu'il ressort des faits relatés dans ce travail que cette action peut se manifester en dehors de la chlorose et de l'anémie, et, pour aujourd'hui, nous voulons nous borner à la constatation pure et simple du fait.

A. Parent, imprimeur de la Faculté de Médecine, rue M.-le-Prince, 31.

224

**BAZIN. Leçons théoriques et cliniques sur la syphilis et les syphilides** considérées en elles-mêmes et dans leurs rapports avec les éruptions dartreuses, scrofuleuses et parasitaires, professées à l'hôpital Saint-Louis, par le D^r BAZIN, publiées par le D^r DUBUC, ancien interne des hôpitaux, revues et approuvées par le professeur. 2^e édition considérablement augmentée. Paris, 1866. 1 vol. in-8 accompagné de 4 magnifiques planches sur acier, figures coloriées. 10 fr.
fig. sepia. 8 fr.

**BAZIN. Leçons sur les affections génériques de la peau.** 2 vol. in-8. Paris, 1862 et 1865. 11 fr.

**CHEVALIER. L'Étudiant micrographe.** Traité théorique et pratique du microscope et des préparations. Ouvrage orné de planches représentant 300 infusoires et de 200 figures dans le texte, 2^e édition, augmentée des applications à l'étude de l'anatomie, de la botanique et de l'histologie, par MM. Alph. DE BREBISSON, Henri van HEURCK, G. POUCHET. 1 vol. in-8 de 563 pages. Paris, 1865. 7 fr. 50.

**FORT,** professeur particulier d'anatomie, etc. **Anatomie descriptive et dissection.** 1 fort vol. n-12, accompagné de figures dans le texte. Paris, 1866. 11 fr. 50.

**FOUCHER,** professeur agrégé à la Faculté de Médecine de Paris, chirurgien de l'hôpital Saint-Antoine. **Traité du diagnostic des maladies chirurgicales.** Tome I^er, première partie. Paris, 1866. 1 vol. in-8 de 404 pages avec figures intercalées dans le texte. 6 fr.
Deuxième partie. Paris, 1868. *Sous presse.*

**GOSSELIN,** professeur de pathologie chirurgicale à la Faculté de Médecine de Paris, chirurgien de l'hôpital de la Pitié, etc. **Leçons sur les hernies,** professées à la Faculté de Médecine de Paris, recueillies et publiées par le D^r L. Labbé, professeur agrégé, chirurgien du Bureau central, revues par le professeur. 1 vol. in-8 de 500 pages avec figures intercalées dans le texte. Paris, 1864. 7 fr.

**GOSSELIN. Leçons sur les hémorrhoïdes.** 1 vol. in-8 Paris, 1866. 3 fr.

**GRIESINGER,** professeur de clinique médicale et de pathologie mentale à l'Université de Zurich. **Traité des maladies mentales, pathologie et thérapeutique.** Ouvrage traduit par le D^r DOUMIC, médecin de la maison centrale de Poissy, etc., et accompagné de notes intercurrentes, par M. le D^r BAILLARGER, médecin de la Salpêtrière, membre de l'Académie de Médecine. 1 fort vol. in-8. Paris, 1865 9 fr.

**GUÉRIN (Alphonse),** chirurgien de l'hôpital Saint-Louis, etc. **Leçons cliniques sur les Maladies des organes génitaux externes de la femme,** leçons professées à l'hôpital de Lourcine. 1 vol. in-8 de 520 pages. Paris, 1864. 7 fr.

**HARDY,** professeur agrégé chargé du cours de clinique des maladies de la peau à la Faculté de Médecine de Paris, médecin de l'hôpital Saint-Louis, etc. **Leçons sur la scrofule et les scrofulides, sur la syphilis et les syphylides.** 1 vol. in-8. Paris, 1864. 4 fr.

**JACCOUD,** professeur agrégé à la Faculté de Médecine de Paris, médecin du Bureau central, etc. **Études de pathogénie et de sémiotique, les paraplégies et l'ataxie du mouvement,** etc. 1 fort vol. in-8. Paris, 1864. 9 fr.

**LABORDE,** ancien interne lauréat des hôpitaux de Paris. **De la paralysie (dite essentielle) de l'enfance, des déformations qui en sont la suite et des moyens d'y remédier.** 1 vol. in-8 de 276 pages, accompagné de 2 planches dont une coloriée. Paris, 1864. 5 fr.

**LABORDE. Le ramollissement et la congestion du cerveau principalement considérés chez le vieillard.** Etude clinique et pathogénique. 1 vol. in 8 de 440 pages, avec planche coloriée contenant 6 figures. Paris, 1866. 6 fr.

**TRIQUET,** médecin et chirurgien du dispensaire pour les maladies de l'oreille. **Leçons cliniques sur les maladies de l'oreille,** ou Thérapeutique des maladies aigues et chroniques de l'appareil auditif. 1 vol. in-8 avec figures dans le texte. Paris, 1866. 6 fr.

Paris.—A. PARENT, imprimeur de la Faculté de Médecine, rue Monsieur-le-Prince 3x.

www.ingramcontent.com/pod-product-compliance
Lightning Source LLC
Chambersburg PA
CBHW070302220626
46818CB00018B/2170